Slaaf voor een Week
Volledige Reeks

Erika Sanders

Erotische Overheersing en Onderwerping

Samenvatting

Erika stemt ermee in om Sandra's slaaf te zijn voor een week...

Slaaf voor een Week is een roman met een sterk erotisch BDSM-gehalte en op zijn beurt een nieuwe roman die behoort tot de collectie **Erotische Overheersing en Onderwerping**, een reeks romans met een hoog romantisch en erotisch BDSM-gehalte.

(Alle personages zijn 18 jaar of ouder)

Erika Sanders is een internationaal bekende schrijfster, vertaald in meer dan twintig talen, die haar meest erotische geschriften, verre van haar gebruikelijke proza, ondertekent met haar meisjesnaam.

Inhoudsopgave:

SLAAF VOOR EEN WEEK
VOLLEDIGE REEKS
VAN
ERIKA SANDERS

EERSTE DEEL

"Je begrijpt," zei Sandra tegen me, "dat als je eenmaal mijn huis binnenkomt, wat ik zeg ook gebeurt. Volledige en totale gehoorzaamheid."

"Eh, ja," zei ik een beetje ongerust.

"Niet eh, ja," zei ze resoluut, "Ja Meesteres."

"Ja Meesteres," zei ik met wat meer overtuiging.

"Veel beter." Ze opende de deur en hield hem opzij zodat ik naar binnen kon. Ik liep langs haar heen, sleepte de koffer met daarin de spullen die ik had meegenomen naar me toe en bleef in de gang staan. Sandra deed de deur dicht en liep langs me heen. Ik bekeek haar zelfverzekerde houding. Ze was lang, bijna 1,80 meter lang. Ik ben slechts 5'2 "en voelde me overschaduwd door haar. Ze had een mooie vorm kont , mooie ronde heupen en grote, C-cupped borsten. Ik was geslagen.

We hadden elkaar ontmoet in een pub en nadat ze de hele nacht had gepraat, had ze me gevraagd of ik ruimdenkend was. Ik had ja gezegd en toen had ze me gevraagd of ik mezelf meer dominant of onderdanig vond.

Daar had ik even over moeten nadenken. Ik weet wat ik wil, maar ik ben ook blij als iemand bereid is de leiding te nemen en me te vertellen wat ik moet doen. Ik vertelde haar dat ik onderdanig was.

Ik was geschokt toen ze me vroeg of ik haar slaaf wilde zijn.

"Wat bedoel je?" Ik had het haar gevraagd.

"Ik bedoel dat je naar mijn huis komt en bij me blijft en alles doet wat ik van je vraag.

"Seksueel?"

"Alles." Ik had moeten nadenken. We hadden over andere dingen gepraat, gedanst, gedronken en tegen het einde van de avond gezoend. Het was een heerlijke kus, krachtig en vol lust. Ik legde mijn hand op haar borst en ze verwijderde het en keek me in de ogen.

'Dat is voor mijn slaaf,' zei ze.

"Dan wil ik je slaaf zijn."

En nu stonden we hier, een week later.
We hadden ingestemd met een
proefperiode van een week .

"Je hebt het recht om kleding te dragen
nog niet verdiend Erika, trek ze allemaal
uit." Ik aarzelde en ze stapte dichter naar
me toe. "Maak me niet meteen van
streek, Erika, anders wordt er gestraft.
Doe ze uit."

"Ja Meesteres," zei ik. Ik schopte mijn
schoenen uit en trok toen ook mijn
sokken uit. Ik maakte mijn spijkerbroek
los en liet hem over mijn benen glijden
terwijl Sandra naar me stond te kijken.
Daarna trok ik mijn t-shirt over mijn
hoofd zodat ik daar in mijn ondergoed
stond. Daarna ging mijn slipje en als
laatste mijn beha. Ik vouwde elk
kledingstuk netjes op en deed het op
mijn tas.

Sandra bekeek mijn naakte lichaam. Ik voelde me net een stuk vlees dat daar gewoon stond. Ze wierp een blik op mijn kleine borsten, stak toen een vinger uit en streek ermee over mijn stijve tepel.

"Je hebt zulke lieve kleine borsten, Erika," zei ze tegen me.

"Dank u wel Meesteres ."

"Trek voor mij aan je tepels, trek ze hard zodat ik kan zien hoe ver je ze kunt krijgen en hoe ver ze daarna uitsteken."

Ik wierp een blik op mijn tepels en nam er een in elke hand. Ik trok er hard aan, totdat het pijn deed, mijn kleine borsten strekten zich uit tot kegels die uit mijn lichaam staken. Toen ik losliet, stonden de tepels trots en opgewonden rechtop.

"Goed gedaan Erika."

"Dank u wel Meesteres ." Haar ogen
bleven me onderzoeken. Ze keek naar
mijn poesje, met het netjes geknipte
haar en zei: "Dat gaat gewoon niet. Ik ga
wat tv kijken Erika en terwijl ik dat doe,
is dit wat jij voor me gaat doen. Je gaat
naar mijn badkamer en een pincet uit de
bovenste la van de kaptafel. Dan pak je
een handdoek en kom je naar de
woonkamer. Terwijl ik tv kijk leg jij de
handdoek op de salontafel en ga erop
zitten en pluk je schaamhaar tot er niet
één overblijft."

"Ja Meesteres," antwoordde ik. "Zal ik
eerst mijn spullen opbergen Meesteres?"

"Draai je om", was haar antwoord. Ik
wendde me van haar af en voordat ik me
kon blijven omdraaien om haar aan te
kijken, voelde ik een stekende klap op
mijn kont .

'Ik heb je niet gevraagd om na te denken of suggesties te doen, Erika.'

"Sorry Meesteres." Ik liep naar de badkamer toen Sandra bij me vandaan ging . Dit was intenser dan ik had verwacht, realiseerde ik me en vroeg me af hoe lang het zou duren voordat ik kraakte en me afmeldde. Ik vond het pincet en ging terug naar de woonkamer waar Sandra voor de tv zat. Ik legde de handdoek op de salontafel zodat ik de tv kon zien en spreidde toen mijn benen om mezelf te inspecteren.

"Nee, je kijkt niet naar de tv, Erika, je kijkt naar mij zodat ik kan zien hoe je elk haartje uit je poesje plukt." Ik zuchtte inwendig en draaide mezelf zodat mijn poesje werd blootgesteld aan Sandra en begon aan het lange en moeizame proces van het één voor één ontharen.

Ik was ongeveer een half uur bezig toen ik de aandrang begon te voelen dat ik moest plassen. Ik zei eerst niets en toen Sandra de kamer verliet om iets te gaan doen, ging ik zonder erbij na te denken naar de badkamer. Ik keerde terug en zag Sandra op me staan wachten.

"Waar ben je in godsnaam geweest?" zij vroeg mij.

"Naar het toilet Meesteres, ik moest plassen," zei ik geschrokken.

'Ik kan me niet herinneren dat ik je daarvoor toestemming heb gegeven, of wel soms?' zij vroeg.

"Nee Meesteres, het spijt me zeer Meesteres," antwoordde ik.

"Sorry, het snijdt niet, slaaf. Ga daar op de salontafel zitten op handen en knieën." Ik deed wat mij werd opgedragen, knielend als een hond op tafel. "Spreid je benen wijder," zei ze. Ik spreidde mijn knieën uit elkaar tot ze bij de randen van de tafel waren. Ik voelde de koele lucht van de kamer op mijn blootliggende anus en kutje.

Zas! Ik voelde de stekende klap van Sandra's hand op mijn kontwang . Zas! En aan de andere kant ook.

"Weet je waar dat voor is?" Ik werd gevraagd.

"Voor het niet vragen van toestemming Meesteres," antwoordde ik gedwee

"Dat klopt. En als je gestraft wordt, zul je je Meesteres bedanken omdat ze je helpt

om een echte slaaf te zijn. Begrijp je
dat?"

"Ja Meesteres," antwoordde ik. Zas! Haar
hand sloeg op mijn schaamlippen en ik
beet op mijn lip in plaats van te
schreeuwen. Instinct vertelde me dat het
alleen maar tot meer problemen zou
leiden.

"Dank u mevrouw ," zei ik. Ze sloeg weer
op mijn poesje, en toen nog drie keer en
toen nog een keer op mijn kont . Elke
keer bedankte ik haar voor het slaan.

"Ok, ga nu verder, ik hou niet van haar
op mijn eigendom," zei ze tegen mij. Ik
ging op de handdoek zitten, mijn billen
rood van het pak slaag. Ik keek naar mijn
schaamlippen. Ze waren rood van het
raken. Maar ik was ook verrast toen ik
merkte dat er een klein druppeltje vocht
tussen mijn schaamlippen zat. Er was

iets aan de manier waarop ik werd behandeld dat me opwond.

Uiteindelijk lukte het me om het laatste haar uit mijn poesje te plukken. Ik kreeg de opdracht achterover te leunen, mijn benen te spreiden en mijn knieën naar me toe te trekken zodat ik volledig bloot was. Sandra liep naar hen toe en knielde tussen hen in. Ze inspecteerde mijn poesje nauwkeurig, maar ze raakte het niet aan. Ik was zo geil! Haar zo dichtbij hebben, dichtbij genoeg dat als ze haar lippen zou likken , ze waarschijnlijk mijn poesje zou aanraken, maar toch niet aanraken maakte me gek. Ik wilde dat ze me zou likken. Wanhopig. Ik dacht niet dat ik het zou kunnen vragen.

Na een paar minuten likte Sandra me met een mooie lange lik vanaf de basis van mijn spleet naar de bovenkant. Maar dat was het. Ik voelde hoe mijn sappen klaar waren om uit mijn poesje te sijpelen en toen ik rechtop mocht gaan zitten, raakte ik mezelf aan, waarbij mijn vinger heel lichtjes tussen mijn lippen ging.

"Ik zie dat je die Erika niet echt begrijpt," zei Sandra tegen me toen ze me dit zag doen. "Je doet NIETS zonder mijn toestemming. Je gaat niet naar het toilet en je masturbeert niet. Kom hier, ik denk dat ik de les moet versterken."

Ik dacht dat ik weer een pak slaag kreeg. En ondanks het feit dat het een beetje pijn deed, merkte ik dat ik er naar uitkeek. Maar Sandra leidde me naar een houten stoel. Het had een houten lattenbodem en een massief houten zitting. Er was een kleine butt-vormige holte gevormd in de stoel en ik zat daar zoals mij was opgedragen.

'Geef me je handen,' zei Sandra van achter me. Ik legde ze achter me en ze werden gegrepen en snel aan de stoel vastgebonden. Sandra kwam toen voor me staan en bond ook mijn enkels aan de stoel vast. Ze duwde de stoel (met mij erop natuurlijk) naar de plek waar ik zou zitten en naar haar zou kijken. Daarna ging Sandra naar de keuken en kwam terug met een groot glas water.

"Drink deze Erika," vertelde ze me. Ze zette het glas aan mijn lippen en ik kreeg ongeveer de helft ademloos door. Toen tilde ze het op en goot het in mijn mond. Ik had het niet verwacht en er was meer dan ik aankon. Het stroomde over mijn lippen en liep langs mijn nek en borsten naar de stoel. Ik zat in een heel ondiepe plas. Ik voelde het koude water op mijn anus en schaamlippen. Er was echter weinig dat ik kon doen om het te verplaatsen.

Sandra liet me met rust en ik werd in de steek gelaten om te zitten en naar haar tv te kijken. Elke keer als er een

reclamespotje kwam, vulde ze het glas
en liet me drinken. Dit duurde twee uur.

Weer had ik de behoefte om te plassen.
Ik werd wanhopig. Ik was uit het oog
verloren hoeveel water ik had
gedronken, maar mijn blaas stond op
ontploffen! Ik kronkelde in mijn stoel,
maar geen enkele houding hielp.

"Moet je slaaf plassen?" Sandra vroeg me
wanneer ze me dit zag doen.

"Ja Meesteres," antwoordde ik,
opgelucht dat ik naar het toilet mocht.

"Dan heb je mijn toestemming om te
plassen," antwoordde ze.

"Eh, kunt u mij losmaken zodat ik kan
plassen Meesteres?" Ik heb gevraagd.

"Je hoeft geen losgebonden slaaf te zijn,
gewoon plassen," zei Sandra.

"Hier?" vroeg ik verward.

Sandra stapte naar voren en nam mijn
linkertepel tussen haar duim en
wijsvinger. Ze trok er hard aan. ' Let op.
Plas,' zei ze terwijl ze er nog een keer
aan trok. Ik probeerde te ontspannen.
Het was niet gemakkelijk. Sandra stond
recht voor me. Ik was niet gewend dat
iemand me dit zag doen. Ik was ook niet
gewend om vastgebonden te zijn.

Ik voelde het aankomen, die eerste roes,
de stroom naar mijn lippen vanuit mijn
blaas.

"Verspil mijn tijd niet slaaf, pis," zei
Sandra tegen mij. En toen voelde ik het.
Mijn plas barstte tussen mijn lippen
vandaan als een vloedgolf die een dijk

breekt. Het spoot op de stoel en toen over de rand, vermengd met het water dat zich om me heen had verzameld.

Sandra knielde voor me neer en terwijl ik verbaasd toekeek, leunde ze naar voren zodat de straal van mijn plas over haar blouse spatte.

" Oh braaf meisje," zei ze tegen me en ik vond het fijn om gecomplimenteerd te worden. Ik zag mijn plas in Sandra's blouse trekken tot er niets meer over was om te plassen. Ze reikte naar voren en haalde haar vinger door de plas die rond mijn kont en poesje was geplasd en tilde het vervolgens op naar mijn tepel en veegde het eroverheen. Het was een natte, elektrische aanraking die een sensatie door mijn lichaam deed gaan. Toen stond ze op en liet me daar achter. Ik wist niet wat ik moest doen. Ik zat gewoon in een ondiepe plas van mijn eigen pis.

Sandra keerde terug. Ze droeg het glas water weer. Ze liet me het drinken. Toen pakte ze mijn haar vast en trok mijn gezicht naar haar borst.

"Zuig mijn tietslaaf," zei ze tegen me. Ze duwde haar borst in mijn gezicht en ik opende mijn mond en zoog op haar borst, gekleed als het was in haar blouse die doordrenkt was met mijn plas.

"Weet je, ik begin je slaaf aardig te vinden. Als je heel goed bent, laat ik je me misschien later laten klaarkomen." Ze trok haar blouse uit en daarna haar beha. Ik kwijlde bijna letterlijk toen ik haar borsten zag. Ze waren geweldig. Ze liet haar kleren in de plas pis en water vallen en toen zat ze gewoon tv te kijken, terwijl ik nog steeds in een snel afkoelende plas zat die ik op mijn naakte lippen en gerimpelde kleine anus kon voelen.

Ik moet daar nog een half uur hebben gezeten, me afvragend of ik hier de hele nacht zou blijven.

"Tijd voor mij om naar bed te gaan," kondigde Sandra me aan, terwijl ze voor me stond met haar wonderbaarlijk grote borsten bloot en me plaagde. "Ik ga je nu losmaken Erika en ik wil dat je mijn instructies opvolgt. Ik zal me klaarmaken om naar bed te gaan. Terwijl ik dat doe, ruim jij deze rotzooi op. Dan kom je in mijn kamer en lik me totdat Ik kom klaar. Begrijp je dat?"

"Ja Meesteres," antwoordde ik. Sandra ging achter me staan en maakte me los. Ik wreef over mijn polsen terwijl Sandra wegliep en begon toen met het opruimen van de rotzooi op de vloer, stoel en Sandra's blouse. Ik hoorde de bui en overwoog even dat het een geweldige kans zou zijn om mezelf te plezieren, maar was voorzichtig. Als ik mijn geluk kende, zou ik opnieuw worden gepakt en gestraft. En wie weet wat Sandra hierna zou bedenken.

Ik ging op tijd naar de slaapkamer om haar naakt uit de ensuite te zien stappen. Ze was zo sexy. Sandra ging op bed liggen en spreidde haar benen. "Eet me slaaf," zei ze tegen me.

Ik kroop tussen haar benen omhoog en bekeek haar zijden, haarloze poesje. Haar lippen waren al gezwollen, duidelijk klaar voor wat liefde, haar clitoris rechtop en gluurde tussen haar lippen vandaan. Ik gebruikte mijn vingers om haar schaamlippen uit elkaar te halen en ging toen met mijn tong door haar gleufje, duwde naar binnen en dan omhoog en over haar klitje.

"Oh ja," mompelde ze voordat ze me aanmoedigde en eiste dat ik doorging.

Mijn tong werkte keer op keer over haar kutje, in en uit en heen en weer. Ik voelde mijn eigen sappen tussen mijn lippen sijpelen, ik was zo opgewonden. Ik wilde zo graag wat aandacht, maar concentreerde me op het plezieren van mijn meesteres. Ze smaakte heerlijk.

Ik hoorde haar ademhaling korter worden, in broek komen en naar adem snakken en toen werd mijn hoofd tussen haar dijen geklemd terwijl ze klaarkwam en een stroom vloeistof in mijn gezicht spoot! Ik likte en slurpte en Sandra schreeuwde het uit, stuiptrekkend van haar plezier.

"Brave meid Erika," zei ze toen ze stopte en ik was verrast hoe blij ik was met zoveel lof. Sandra keek naar de vochtige plek die zich op haar laken verspreidde en glimlachte.

"Ik denk dat ik een slaaf met een schone lei nodig heb." Ze vertelde me waar ik het kon vinden en ik ging er een voor haar halen. Nadat ik het op het bed had gelegd (Sandra keek de hele tijd naar me) vroeg ik wat ze zou willen dat ik met de natte doe.

" Oh, slaap maar op die lieverd. Aan het voeteneinde van mijn bed," kreeg ik te horen. Sandra dwong me aan het voeteneind van haar bed te gaan liggen en de ene enkel aan de bedstijl vast te binden, zodat ik niet ver van haar vandaan kon komen. Ze zei dat ik mijn benen moest spreiden zodat ze nog eens naar mijn poesje kon kijken. Ze haalde een vinger door mijn spleet en boog mijn rug, in een poging het contact zo lang mogelijk te behouden. Haar vinger werd in me gestoken en ik schreeuwde het uit en het plezier dat ik eindelijk voelde na een dag van ontbering. Het werd teruggetrokken en ik keek toe hoe Sandra het schoon zoog.

"Welterusten slaaf." Ze sprong op het
bed. "En voor het geval je je afvraagt, als
je moet plassen, doe het dan daar, tenzij
ik je morgenochtend losmaak." En
daarmee hoorde ik niets meer van haar.

Het duurde even voordat ik in slaap viel,
maar het is me uiteindelijk gelukt.

Toen ik wakker werd, zag ik Sandra
naakt over me heen staan. Het was het
mooiste uitzicht op haar lange lange
benen, langs haar kale spleet, naar de
ronding van de onderkant van haar
borsten, haar hoofd naar voren gebogen
zodat ik in het gezicht keek. Ik rekte me
uit en ontdekte dat ik al was losgemaakt.

"Deze zijn voor jou," zei ze tegen me en
liet me glimlachend een blauw katoenen
slipje vallen.

" Oh dank u Meesteres," zei ik oprecht blij. Ze keek hoe ik ze aantrok en liet me toen voor haar staan.

"Meesteres, mag ik alstublieft naar het toilet?" vroeg ik haar een beetje nerveus.

"Nee. Kniel neer," zei ze tegen me. Ik knielde voor haar neer. "Als je klaar bent om te gaan, plas dan in je slipje, slaaf. Ik wil je zien plassen." Ze ging in kleermakerszit voor me zitten en wachtte. Het duurde niet lang voordat ik het niet meer kon houden toen ik net wakker werd. Ik voelde dat tintelen en ruisen en toen werd het slipje nat, mijn pis doorweekte de stof en liep toen langs mijn been. Ik scheidde ze een beetje en het viel op het laken waarop ik had geslapen.

"Ik vind het leuk om je te zien plassen, slavin," zei Sandra. "Nu kun je naar me kijken." Ze ging voor me staan en leunde een beetje achterover, waarbij ze haar schaamlippen met haar vingers uit elkaar hield. Ik had amper door wat ze aan het doen was toen een scherpe stroom warme pis als een veer uit haar spoot, me op de borst raakte, over mijn tepels en buik naar mijn poesje stroomde. Ik voelde haar warme plas op mijn kale lippen.

" Oh je bent een geweldige slaaf aan het worden, je gaf geen krimp," zei Sandra glimlachend tegen me. Ze stak haar handen uit en ik legde de mijne in de hare. Ze tilde me op en trok me tegen zich aan, mijn lichaam nat van haar pis tegen het hare gedrukt. Mijn gezicht was net boven het niveau van haar tepels en ik voelde mezelf verpletterd tegen haar geweldige tieten. Ik wilde zo graag aan haar grote tepel zuigen.

"Kom met me douchen Erika," zei Sandra. We gingen naar de badkamer en al snel stond ik met haar in de nis, met name nog steeds in het slipje. Sandra liet me haar grondig wassen, aandacht schenken aan haar anus en erop aandringen dat ik mijn vinger in haar strakke gaatje liet glijden. Toen nam ze de zeep van me over en begon mijn lichaam te wassen.

Ik had nog nooit zo naar de aanraking van een vrouw verlangd als toen ze met haar handen over mijn kleine borsten begon te strijken. Ze tikte en kneep en plaagde mijn tepels en ik kreunde bij elke aanraking.

Sandra bewoog de waterstroom zodat het me miste en toen ging haar hand in het slipje om mijn billen in te zepen. Ik voelde haar vinger tegen mijn anus duwen en ik duwde terug, voelde het een beetje naar binnen glippen.

"Dit moet je kapot maken Erika, ik wed dat alles wat je nu wilt is klaarkomen,"

"Oh ja, Meesteres," bracht ik uit met een trilling in mijn stem. Ik zag haar een scheermes oppakken en in haar hand draaien. Ze begon zeep over het handvat te smeren en ik voelde het slipje langs mijn benen naar beneden trekken. Ze draaide me naar de muur en liet me mijn handen voor me leggen en mijn benen spreiden. Toen werd de punt van het handvat van het scheermes in mijn anus geduwd. Ik kreunde en het werd harder geduwd.

Sandra stopte pas toen de hele hand diep in mijn kont zat , alleen het wijd uitlopende uiteinde waar het scheermes normaal zou worden gemonteerd, weerhield haar ervan het verder naar binnen te laten glijden. Ze draaide het in me, de ronding van het handvat draaide in mijn kont. Het was bijna genoeg om me tot een orgasme te brengen. Bijna, maar niet helemaal.

Daarna werd het teruggetrokken, werd mijn kont afgewassen en werd het slipje weer in positie getrokken. Nogmaals, mijn poesje was verlaten. We kwamen uit de douche en Sandra droogde zich af. Ik kreeg geen handdoek.

Sandra leidde me toen naar de slaapkamer en vertelde me dat ze wat dingen moest regelen. Terwijl ik op haar bed werd gelegd en vastgebonden, vertelde ze me dat ze een goed idee had hoe geil ik was en me niet vertrouwde om geen orgasme te krijgen terwijl ze weg was. Dus ik was vastgebonden met bewegingsruimte, net niet genoeg om een van de knopen of mijn poesje te bereiken. Het beste wat ik kon doen was een hand op mijn tepel leggen.

Toen was ik alleen.

Het was uren later dat ik werd gewekt
door het geluid van stemmen die de
slaapkamer binnenkwamen.

TWEEDE DEEL

De deurbel ging.

"Ga eens kijken wie er voor de deur staat Erika," hoorde ik Sandra roepen. Ik ging naar de deur, ongerust. Ik mocht tenslotte niets anders dan een slipje in huis dragen, dus wie er ook was, stond op het punt mijn kleine borsten en opstaande tepels te zien.

Voorzichtig tuurde ik door het kijkgat en zag daar een man staan.

Het was moeilijk te zeggen hoe hij er werkelijk uitzag door dat vertekende beeld, maar hij was gekleed in een pak.

"Geweldig, dacht ik, ik ga een verkoper de grootste sensatie van zijn jaar bezorgen!" Ik opende de deur en

zwaaide hem wijd genoeg zodat ik er
omheen kon kijken.

"Ja?" Ik heb gevraagd.

"Is Sandra thuis?" vroeg hij me, terwijl
zijn ogen van mijn gezicht naar mijn nek
en sleutelbeenderen gingen. Hij likte zijn
lippen. Ik denk dat hij wist dat ik achter
de deur niet netjes gekleed was.

'Wie kan ik zeggen dat er belt?'

"Dan."

"Wacht hier even alsjeblieft," zei ik tegen
hem en deed de deur dicht. Ik ging op
zoek naar Sandra en vond haar uit het
toilet komen.

"Er is een Dan hier om je te zien Sandra," informeerde ik haar.

"Oh, wat lief," riep ze uit. 'Ga hem alsjeblieft binnen en breng hem dan naar de lounge.'

Ik ging terug naar de deur en deed hem open, deze keer wijd genoeg zodat Dan naar binnen zou kunnen lopen. Ik voelde zijn ogen op en neer over mijn lichaam gaan en voelde hoe ik reageerde op de openhartige beoordeling. Er werd niets gezegd, maar Dan stapte de foyer binnen zodat ik de deur kon sluiten.

"Volg me alsjeblieft," zei ik tegen hem en liep weg in de richting van de lounge. Een blik over mijn schouder zorgde ervoor dat hij hem volgde, en vertelde me ook dat zijn ogen op dat moment vastgelijmd waren aan mijn in slipjes geklede billen.

Ik leidde Dan naar de woonkamer waar Sandra op de bank zat. Ze stond op toen Dan arriveerde en stapte naar binnen om hem te omhelzen.

"Hallo daar Dan, het is zo goed om je te zien!" ze zei.

" Zo ook Sandra. Ik was voor zaken in de stad en moest langskomen."

"Wil je wat drinken?"

"Scotch?" vroeg Daan.

'Natuurlijk. Erika, haal alsjeblieft een whisky voor Dan. Op ijs, ja?' zei ze, bevestigend met Dan. Hij knikte en ik liep naar de drankkast aan de andere kant van de salontafel waar hij en Sandra nu zelf op de bank hadden

gezeten. 'En koop er ook een voor mij,'
voegde ze eraan toe.

Ik boog voorover en hield mijn knieën
gestrekt terwijl ik de fles uit de kast
pakte, zeker om mijn in panty's geklede
poesje recht naar Sandra te houden,
zoals mij was opgedragen als ik dingen
van laag naar beneden moest halen.
Sandra hield van mijn benen en wilde
niet dat ik een kans aan haar voorbij liet
gaan om ze te bewonderen.

Ik gaf Dan een drankje en gaf Sandra het
hare voordat ze zei: "Dank je Erika, je
mag op dat kussen gaan zitten." Ze wees
naar een kussen in de hoek van de
woonkamer en ik ging zitten, benen
gekruist, bewust van het feit dat Dan zijn
blik af en toe naar mijn borsten liet
flitsen terwijl ze praatten.

Ze waren ongeveer een halfuur aan het
kletsen en ik had hun drankjes een paar

keer aangevuld toen Sandra tegen Dan
zei nadat hij me nog een keer had
bekeken: "Vind je mijn nieuwe speeltje
dan leuk?"

'Heel erg, ze is buitengewoon schattig,
Sandra, je hebt het heel goed voor jezelf
gedaan.'

"Ja, zij heeft ook vrij snel geleerd," zei
Sandra en ik voelde een warme gloed bij
de lof.

"Er is iets met die kleine borsten dat
mijn aandacht blijft trekken," zei Dan.
"Ik kan er niet helemaal de vinger op
leggen, omdat ik normaal gesproken
meer van een lekker rondborstige meid
zoals jij houd, maar er is iets met haar..."

"Ik weet wat je bedoelt," antwoordde
Sandra, "ik was eerst ook zo. Nu neem ik
het als vanzelfsprekend aan. Ze reageert

tenslotte nog steeds op een goede tepeltrek."

"Vind je het erg als ik het eens probeer?"

"Natuurlijk niet. Erika, kom alsjeblieft hier." Ik stond op en liep naar de plek waar ze samen zaten. "Kniel hier." Ik knielde voor hen neer. Dan stak zijn hand uit en streek over mijn borst voordat hij mijn linkertepel tussen zijn duim en wijsvinger nam. Hij trok en draaide en ik voelde een scherpe pijn door mijn borst schieten. Ik kreunde, niet in staat mezelf te helpen.

Sandra stak haar hand uit en trok tegelijkertijd aan mijn rechtertepel en ik kreunde weer.

"Het zijn mooie kleine tepels, nietwaar?" zei ze tegen Dan die het met haar eens was. De twee bleven een tijdje met mijn tepels spelen en stopten toen plotseling (althans zo leek het mij) en hervatten hun gesprek. Ik knielde daar gewoon neer, zonder instructies te hebben gekregen om iets anders te doen.

Toen werd mij gevraagd om meer drankjes te halen en deed dat. Nadat ik ze had afgeleverd, aarzelde ik, niet zeker waar ik naar toe moest terugkeren, knielend voor hen of de hoek. Sandra moet het hebben opgemerkt en heeft me opgedragen weer voor hen te knielen.

"Maar doe dat slipje uit, ik wil dat Dan je geplukte poesje ziet..." voegde ze eraan toe toen ik halverwege de vloer was. Ik stond weer op en trok mijn slipje langs mijn benen naar beneden, waardoor mijn gladde, kale bol zichtbaar werd. Dan zat en bewonderde me, zijn blik hield mijn poesje vast.

"Nou, ze heeft zeker een heerlijk poesje,
zei je dat het geplukt is?" zei Dan terwijl
hij met één hand het kruis van zijn broek
bijstelde.

"Ja, je weet hoe ik niet van haar hou en
het scheren van stoppels is een
afknapper, dus ik liet haar daar zitten en
zichzelf plukken, haar voor haar. Het
was erg leuk en ik denk dat haar poesje
er veel beter uitziet .

"Ik wed dat het mooi en strak is."

"Ik weet het nog niet , ik heb haar niet
toegestaan iets met haar poesje te doen
en ik ook niet sinds ze hier is. Ze moet
het recht verdienen om goed geneukt te
worden in dit huis. "Het maakt haar
lekker nat hoewel, "voegde Sandra eraan
toe, terwijl ze mijn weggegooide slipje
oppakte en Dan het natte spoor in het
kruis liet zien.

Dat ze over me praatten alsof ik er niet was, begon me op te winden. Het hele wezen dat als een object werd behandeld, had me aanvankelijk gedemoraliseerd, maar nu zei het tegen me: "Dit is jouw rol en je wordt gewaardeerd. Geniet ervan en geniet ervan." Het windde Dan duidelijk ook op, want hij had een duidelijke erectie in zijn broek.

"Waarom Dan, is er iets waar je hulp bij nodig hebt?" vroeg Sandra hem terwijl hij zich probeerde aan te passen. Ze strekte haar hand uit en streelde zijn pik door zijn broek.

"Ik zou graag wat hulp willen."

'Dan kun je maar beter opstaan,' zei ze tegen hem. Dan stond op en Sandra zei me zijn broek uit te doen en zijn pik eruit te halen, maar hem niet aan te raken. Ik maakte zijn riem los en daarna de knoop en gulp van zijn spijkerbroek die op de grond gleed. Hij had geweldige benen en moet een wielrenner zijn geweest, want ze hadden geen haar. Zijn pik stak uit tegen zijn boxershort, die ik uittrok, voorzichtig om ze te manoeuvreren zonder zijn pik te beknellen of aan te raken. Het was lang en dik en erg indrukwekkend. Ik wilde mijn hand uitsteken en vasthouden , maar wist dat dat meer problemen zou opleveren dan ik me kon voorstellen.

Dan leunde achterover op de bank en Sandra leunde voorover en begon langs de lengte van Dan's pik te likken. Ik zag hoe haar tong zachtjes langs de aderen danste en rond het hoofd krulde. kreunde Daan.

"Je kunt met haar tieten Dan spelen en je kunt haar heuvel aanraken, maar raak haar lippen niet aan of penetreer haar niet," vertelde Sandra hem voordat ze zijn pik diep in haar mond nam. Ze schoof hem soepel op en neer over zijn lengte.

Dan stak zijn hand uit en trok me dichter naar zich toe bij mijn rechtertepel. De vingers van zijn andere hand dansten over de gladde huid van mijn heuvel, gevaarlijk dicht bij mijn lippen, maar raakten ze nooit aan. Daarna trok hij weer aan mijn tepels. Moeilijk. Het deed pijn, hij trok zo hard dat ik zeker wist dat hij ze kneusde, maar ik schreeuwde het niet uit, stond daar gewoon en nam de pijn, me concentrerend op Sandra met een pik die in en uit haar mond gleed.

Ze stopte en trok haar topje over haar hoofd uit voordat ze haar beha losmaakte, haar enorme borsten lekten heerlijk vrij. Ze greep Dan's pik en plaatste hem tussen haar borsten, waarbij ze haar handen gebruikte om

hem tussen haar borsten te klemmen .
Toen druppelde ze speeksel uit haar
mond over de bovenkant van zijn pik en
begon haar borsten op en neer over zijn
pik te laten glijden, aan weerszijden
ervan.

Dan besteedde geen aandacht meer aan
mij en keek toe terwijl Sandra zijn pik
met haar tieten neukte. Toen begon ze
zich met haar tong omhoog te werken
tot ze op hem lag met haar borsten tegen
zijn borst gedrukt en haar benen naar
weerszijden van hem gespreid. Dan trok
aan haar rok tot hij om haar middel
geplooid was. Toen greep hij haar panty
en scheurde ze aan stukken. Sandra
droeg geen slipje onder haar tuinslang.

Sandra leunde naar voren en Dan pakte
zijn pik beet en richtte die op haar
poesje. Ze duwde zich terug naar
beneden en gleed langs zijn paal,
waardoor deze in haar werd ingebed. Ik
stond naast hen terwijl Sandra op en

neer reed op zijn stijve pik, wachtend en me afvragend wat ik zou gaan doen. Sandra moet mijn gedachten gelezen hebben.

"Kom hier," zei ze tegen me en zodra ik dichtbij genoeg was, nam ze een tepel in haar mond en zoog er gretig op terwijl ze op en neer stuiterde. Dan duwde Dan Sandra terug totdat ze van positie waren gewisseld en hij zich over haar heen hield, zijn pik in haar in een missionaire positie duwde, waarbij zijn ballen tegen haar sloegen bij elke naar binnen gerichte stoot.

Ik hoorde hem grommen en zag hoe hij zichzelf vasthield, kennelijk zijn sperma diep in haar spuitend, voordat hij zijn pik eruit trok.

"Bedankt Sandra, dat was net zo geweldig als altijd," zei hij tegen haar.

"Maak hem schoon Erika, gebruik je mond," zei Sandra terwijl ze me aankeek. Ik knielde neer en Dan zat met zijn benen gespreid op de bank, zijn pik nog niet helemaal uitgeput, glinsterend van hun gecombineerde sappen. Ik gebruikte mijn mond om zijn pik te zuigen en te likken en hem van hun plezier te ontdoen. Terwijl ik dat deed, kwam hij weer volledig rechtop en ik genoot van het feit dat ik zo'n grote pik kon zuigen.

"Stop Erika, hij is schoon. Je moet me nu schoonmaken. En deze keer stop je pas als ik klaarkom." vertelde Sandra mij. Ik schoof tussen haar benen door en ze gleed naar voren totdat haar kont op de rand hing, benen voor mij uit elkaar.

Ik bewonderde haar kutje en legde mijn tong voorzichtig op haar schaamlippen, likkend en schoonmakend. Toen zag ik sperma tussen haar lippen sijpelen en naar beneden richting haar anus. Ik achtervolgde het met mijn tong, ik moest overal en over haar gebobbelde gaatje likken om te voldoen aan de eisen van de taak die mij was gesteld. Sandra kreunde luid toen mijn tong over haar anus danste.

Ik tastte tussen haar lippen, likken, zuigen, het sperma van haar schoonmaken en toen naar haar klit gaan. Ik streek met mijn tong over de bovenkant en toen weer naar beneden voordat ik er steeds maar omheen cirkelde. Ik kon Dan zijn pik uit mijn ooghoeken zien strelen terwijl hij keek hoe ik mijn minnares optrad.

Ik nestelde me in een ritme en werd beloond toen ik Sandra hoorde schreeuwen en haar lichaam krampte van haar orgasme.

Toen ze hersteld was , vertelde ze me dat ik nu terug naar de hoek kon. Ik was me er terdege van bewust hoe nat mijn poesje was toen ik terugliep door de kamer. Dan en Sandra zaten nog wat te kletsen en vonden het geen van beiden de moeite waard om zich zorgen te maken over het herstellen van hun kleren.

"Ze is zeker een heerlijk jong speeltje," zei Dan op een gegeven moment. "Is er een kans dat ik in haar mond kan klaarkomen?"

"Ik heb een ander idee. Ze is heel braaf geweest en verdient een beloning. Niet zo goed, let wel," voegde Sandra eraan toe toen ze zijn ogen zag oplichten. "Kom mee Erika," zei ze. Ik volgde Sandra naar de slaapkamer waar ze met een stuk snoer stond te wachten. Ze liet me mijn armen naast me houden en bond het touw om me heen op ellebooghoogte zodat ik mijn onderarmen maar niet mijn bovenarmen kon bewegen. Het was lang genoeg om het rond en rond mijn borst te wikkelen, mijn bovenarmen volledig stil te binden, zodat er genoeg lengte overbleef zodat ze me erlangs kon leiden.

En dat deed ze, terug naar de woonkamer waar Dan zat te wachten, nog een aantal stukken koord over haar andere arm gedrapeerd.

'Dit ziet er veelbelovend uit,' zei Dan terwijl hij ons zag naderen.

"Kniel Erika," vertelde Sandra me. Ik knielde neer en voelde dat Sandra nog een stuk touw rond de achterkant van mijn benen liet lopen. "Leun nu achterover op je hielen en leun dan naar voren om je hoofd op de grond te leggen, zodat je knieën tegen je borst komen." Dat deed ik. Het stuk koord dat nu door mijn gevouwen benen achter mijn

knieën vastzat, werd over de achterkant
van mijn nek omhoog gebracht en
vervolgens ervoor vastgebonden. Sandra
stelt me een beetje bij.

Uiteindelijk had ik mijn onderarmen en
onderbenen op de grond, gevouwen
zodat ik niet kon bewegen, mijn
achterwerk naar achteren gericht. Het
was niet comfortabel en ik hoopte dat
het alleen maar kon betekenen dat
Sandra me door Dan zou laten neuken
en me wat vrijheid zou geven.

Ik had bijna dat geluk.

"Ik bewaar dit voor mezelf," hoorde ik
Sandra van achter me zeggen terwijl een
vinger heel langzaam over mijn linker
buitenlip gleed. Ik rilde van de
aanraking. "Maar ik denk dat het tijd
wordt dat dit speeltje een beetje wordt
gebruikt . Speelgoed is tenslotte om mee
te spelen, niet in de verpakking op de

plank te laten liggen. En dus laat ik je haar Dan hier neuken."

Ik voelde haar vinger lichtjes op het midden van mijn anus rusten.

"Nu is er een geschenk dat ik graag zal accepteren," antwoordde Dan.

'Laat me haar maar voor je klaarmaken,' zei Sandra. Ze verliet de kamer en kwam terug. Het eerste dat ik voelde was haar tong, die lichtjes rond mijn anus likte. Het was wild. Ik wilde reageren, maar was te strak gebonden om het te doen. Toen voelde ik iets koels over mijn kont lopen.

Sandra begon het in mijn anus te wrijven. Het moet glijmiddel zijn, dacht ik bij mezelf. Ze duwde tegen mijn anus zonder te penetreren, terwijl ze een tijdje met haar vinger of duim heen en

weer over de ingang ging tot het punt
waarop ze haar vinger in me stak. Ik
snakte naar adem toen ze hem stevig
langs de weerstand van de ring van mijn
spier schoof.

Ze schoof het een paar keer in en uit
voordat ze meer glijmiddel aanbracht en
met de eerste een tweede vinger naar
binnen duwde. Ik hapte naar adem.

"Ok Dan, denk je dat je het aankan?"
vroeg ze lachend.

" Oh , ik weet zeker dat ik het kan,"
antwoordde hij. Ik voelde de eikel van
zijn grote pik tegen mijn anus rusten. De
druk nam langzaam toe totdat ik hem in
mij voelde ontspannen. Ik beet op mijn
lip om elk geluid dat ik zou kunnen
maken te onderdrukken terwijl hij zich
langzaam maar vastberaden een weg
naar binnen baande. Ik kon niet geloven
hoe groot het voelde. Ik wilde de tijd

nemen om me aan te passen, om me voor te bereiden op wat komen ging, maar ik mocht het niet. Hij duwde meedogenloos naar binnen en ik had geen andere keuze dan hem toe te laten. En toen stopte hij. Hij hield zijn pik zo ver in me dat ik dacht dat hij klaar was om mijn amandelen aan te stoten. En toen ging hij rustig weer naar buiten. Het was geweldig.

Hij duwde opnieuw; weer naar binnen glijdend en ik voelde Sandra glijmiddel op ons druppelen terwijl we weer samensmelten. Het droop langs zijn pik en mijn anus naar mijn poesje en ik verlangde ernaar om het aangeraakt te krijgen. Dan begon nu mijn kont te neuken en terwijl ik me aanpaste , genoot ik er echt van, hij wiegde een beetje om zijn invasie van mijn kont aan te moedigen.

Ik wilde dat mijn klit werd aangeraakt. Ik stond in brand. Ik wist dat er maar een kleine aanraking voor nodig was om me te laten klaarkomen zoals ik nog nooit eerder had gedaan, maar er was niets dat ik kon doen om het te bereiken. En toen kwam Dan en overspoelde mijn kont met zijn zaad.

"Heel erg bedankt Sandra," bood hij aan voordat hij naar de badkamer liep.

""Laat me je schoonmaken, Erika," zei Sandra tijdens zijn afwezigheid. Ik voelde haar tong langs de spleet van mijn poesje naar mijn anus likken waar ze likte en zoog tot er geen zaad meer over was.

'Nou, Sandra, ik moet gaan,' zei Dan, die terugkwam uit de badkamer. "Bedankt voor zo'n heerlijk bezoek."

"Altijd Dan, blij dat je langskwam," antwoordde ze. Ze liep met hem naar de deur. Ze rolde me op mijn zij, nog steeds vastgebonden, en ging toen zitten om tv te kijken.

Ik lag op de grond, kon net de tv zien, met mijn gezicht van Sandra af. Ik kon mijn hoofd niet ver genoeg draaien om haar echt te zien . Het was onvermijdelijk dat het zou gebeuren en ondanks dat ik anders hoopte, moest ik plassen.

"Alsjeblieft meesteres, ik moet naar het toilet," zei ik, niet verwachtend dat ik toestemming zou krijgen, maar ik moest het vragen voor het geval dat.

"Nou, ik kijk naar de tv en heb geen tijd om je los te maken, dus je kunt het vasthouden tot het einde van de show of gewoon jezelf ontlasten. Ik heb geprobeerd het vast te houden, maar het mocht niet baten, uiteindelijk, voor het einde van de show had ik geen andere keuze dan mijn plas te laten gaan.

Toen ik klaar was lag ik in mijn pis op de grond en was verrast toen ik voelde dat Sandra naar me toe was gekomen. Ik voelde hoe haar hand mijn heup streelde en over mijn bil naar beneden gleed om met haar vingers mijn doorweekte poesje aan te raken. Ze liet ze heen en weer langs mijn spleet lopen en al snel veranderde het vocht dat me omhulde. Een vinger tastte naar mijn anus en werkte langzaam naar binnen en toen, tot mijn grote verbazing, glipte er een in mijn poesje.

Ik kreunde, het was het eerste directe contact dat ze met mijn poesje had gemaakt en ik realiseerde me plotseling hoeveel ik ernaar had verlangd. Toen maakte Sandra de koorden los waarmee ik vastzat.

"Kom met me mee, het wordt tijd dat we wat meer plezier hebben." Ik gooide de laatste koorden weg en stond langzaam op van de vloer, terwijl ik mijn lichaam masseerde waar ze vastzaten. Ik zat al een goed uur in die positie en struikelde een beetje bij mijn eerste stap. Sandra leidde me naar de badkamer en zette de douche aan.

Sandra ging met haar hand op en neer langs de zijkant van mijn lichaam die in mijn urine had gelegen. Haar natte hand omklemde mijn borst en toen liet ze haar hoofd naar mijn tepel zakken en zoog eraan. Toen opende ze de hordeur naar de doucheruimte en stapte naar binnen, terwijl ze me wenkte haar te volgen.

'Kniel daar neer, Erika,' zei ze, wijzend op de vloer voor haar. Ik knielde op de grond, mijn gezicht ter hoogte van haar poesje, ogen naar boven gericht, verwonderd over de onderkant van haar hangende borsten. Het water klotste tegen Sandra's rug en ik kreeg slechts af en toe een verdwaalde stroom terwijl ze bewoog.

Sandra bracht haar handen naar haar poesje en spreidde haar lippen voor me, en leunde toen een beetje achterover. Een deel van het water stroomde nu over haar schouders naar mij toe, terwijl een deel tussen haar borsten naar haar poesje liep. Terwijl ik toekeek, mijn ogen haar schoonheid onderzoekend en het zicht wegstoppend, begon ze te plassen. Een stroom warme pis schoot uit haar kutje en trof me in de nek. Sandra leunde weer naar voren en keek hoe ze over mijn tieten plaste.

"Doe je mond open Erika, drink mijn pis." Ik zat naar haar te kijken, niet bewegend. "Erika, dat was geen verzoek, het was een bevel. Drink mijn pis." De stroom was nu gestopt, Sandra hield zich duidelijk in voor een teken van mijn bereidheid om aan haar verzoek te voldoen. Ze stak een hand uit en greep mijn haar, kantelde mijn hoofd naar achteren en stapte over me heen zodat haar kutje maar een centimeter van mijn mond was.

'Maak het niet zo moeilijk, speelgoedje. Je bent duidelijk nog niet klaar voor het plezier dat ik je zou gunnen.' Ik voelde haar pis mijn lippen raken en hield ze tegen elkaar gedrukt terwijl het over mijn lippen stroomde en langs mijn nek en borst stroomde. Toen ze klaar was, stapte ze bij me vandaan en stapte ze de douche uit. Ze reikte weer naar binnen en draaide het water dicht.

Ik bewoog niet omdat ik voelde dat de stemming was veranderd. Sandra droogde zich langzaam af en verliet toen de kamer. Toen ze terugkwam, had ze de stukken koord uit de woonkamer. Ze waren merkbaar vochtig. Sandra pakte er een en deed hem om mijn nek voordat ze me zei haar te volgen. Het zat niet strak en ik merkte ook op dat het helemaal geen slipknoop was, het leek gewoon weer de relatie tussen ons te definiëren. Meester en dienaar.

Terug in de slaapkamer zei Sandra dat ik in een doggy-positie moest komen. Ik deed wat mij gezegd was en ze ging naar haar kast. Na een tijdje binnen te hebben rondgekeken kwam ze terug met een enorme zwarte dildo en een tube glijmiddel. Ze begon snel mijn anus in te smeren met een aantal vingers die nu in me geduwd waren. Toen bewoog ze zich voor me uit en druppelde glijmiddel over het enorme stuk rubber dat ze vasthield, recht voor mijn ogen. Ik had geen idee hoe het in mijn kontgat moest passen.

Ik kwam er echter al snel achter toen ze het langzaam maar stevig tegen mijn gebobbelde gaatje duwde. Ik voelde mezelf uitrekken, wijder dan ooit eerder met me was gedaan. Ik wist zeker dat ze mijn anus zou openscheuren, maar ze wist wat ze deed. Het kostte haar 15 minuten om tevreden te zijn met hoeveel van dat monster ze in mijn kont had en toen stopte ze. Ik slaakte een zucht van verlichting toen ze niet meer dieper duwde. Ik zat op handen en knieën en voelde hoe het er weer uit begon te glippen toen ze het losliet. Dit werd echter snel gestopt toen Sandra er een koord omheen bond en vervolgens om het ene been, het andere en ook mijn nek.

Ik lag op mijn zij, mijn handen waren vastgebonden aan de poot van het bed en mijn enkels aan elkaar gebonden.

"Welterusten speelgoed," zei Sandra.

"Welterusten mevrouw," antwoordde ik zacht. Ik heb die nacht niet echt geslapen. Ik voelde me gewoon niet comfortabel genoeg. Ik dommelde af en toe in, maar dat was het wel zo'n beetje. En als ik midden in de nacht moest plassen, deed ik geen poging om iets anders te doen dan plassen waar ik lag.

Toen Sandra wakker werd, liep ze regelrecht naar haar kast en haalde er een leren zweep uit. Ze bracht me weer in doggy-positie en zwaaide toen de zweep tegen mijn kont.

Zas!. Ik kromp ineen en voelde de steek van het leer.

"Ik denk dat je hierna mijn behoefte aan volledige gehoorzaamheid echt zult begrijpen," was het enige dat ze tegen me zei voordat de zweep keer op keer op mijn rug en kont sloeg . Er was geen huid gebroken, maar het prikte en ik wist dat er genoeg rode vlekken zouden zijn als ik mezelf in de spiegel zou kunnen zien.

Na een tijdje werd ik weer achtergelaten en bewoog niet. Toen Sandra terugkwam had ze een stoel. Ze legde het voor me neer en verliet toen de kamer weer. Toen ze deze keer terugkwam, had ze twee kommen ontbijtgranen. Ze zette er een voor me op de grond en ging bij de ander in de stoel zitten.

"Eet," was alles wat ze zei. Ik wilde de kom met mijn handen oppakken, maar stopte toen ze eraan toevoegde: "Geen handen." Ik liet mijn gezicht naar de kom zakken en at de ontbijtgranen als een hond terwijl ze naakt voor me zat en haar eigen ontbijt at. Toen ik zoveel mogelijk uit de kom had gegeten , ging ik weer op mijn hielen zitten wachten, de enorme dildo nog steeds in mijn kont begraven en tussen mijn voeten uitsteken. Ik was voorzichtig om het niet verder te forceren. Sandra at haar ontbijt op en stond op, terwijl ze naar me toe liep.

Ze stond weer over me heen, haar kutje een centimeter van mijn mond.

"Doe je mond open Erika," zei ze heel kalm. Ik aarzelde. Ze pakte mijn haar vast en trok eraan. Het voelde alsof ze het van mijn hoofdhuid zou rukken. Ik deed mijn mond open. Sandra begon in mijn mond te pissen. Ik liet het vollopen , slikte niet en toen stroomde mijn mond over en haar pis liep langs mijn nek en over mijn borsten. Ze leek eeuwig te plassen en ik vroeg me af hoeveel water ze had gedronken ter voorbereiding op deze ochtend. Het moet veel geweest zijn.

Toen ze klaar was, liet ze mijn haar los en liet ik de laatste plas uit mijn mond lopen.

"Kijk, dat is nu wat goed speelgoed doet." Ze boog zich voorover en kuste me, stak haar tong in mijn met pis doordrenkte mond en likte toen mijn gezicht. Ze maakte de koorden los die me vastbonden en uiteindelijk werd het enorme speeltje uit mijn anus verwijderd.

"Kom op bed Erika." Ik klom op het bed en ging op mijn rug liggen. Sandra schoof over me heen, haar borsten hingen onder haar en sleepten over mijn vlees. Ik rilde toen een tepel over mijn gladde heuvel schampte en toen omhoog over mijn buik. Ze drukte ze tegen mijn eigen kleine borsten en kuste me toen terwijl ze zich tegen mijn dij wreef.

Ik beantwoordde de kus hartstochtelijk en liet mijn handen naar haar zij gaan en vervolgens naar haar billen , me afvragend of er een grens was die ik niet zou moeten overschrijden en wat die waarschijnlijk zou zijn. Maar Sandra leek er nu niet meer om te geven. Ze ging over me heen zitten en schuifelde toen naar voren totdat ze haar kutje tegen mijn gezicht drukte. Ik at haar, gebruikte mijn tong om haar clit te likken en te strelen , mijn hele mond tegen haar aan te drukken en met mijn tong naar binnen te tasten. Sandra maalde tegen me aan en het duurde niet lang voordat ze klaarkwam.

Toen begon Sandra weer mijn lichaam af te dalen, deze keer kussend en zuigend en bijtend met haar lippen, tong en tanden terwijl ze langs mijn vlees reisde. Toen ze mijn poesje bereikte , dacht ik dat ik meteen zou ontploffen. De streling van haar tong op mijn clit zorgde ervoor dat ik als reactie terugdeinsde.

Ik was zo geil van de week van ontbering en willekeur dat ik dacht dat ik er meteen vandoor zou gaan. Maar Sandra was duidelijk goed geoefend en wist wat ze deed. Ze plaagde me bijna tot op het punt van een orgasme en trok zich toen terug, knabbelde en kuste mijn binnenkant van de dijen, of gebruikte haar vingers om aan mijn tepels te trekken. Daarna viel ze mijn poesje opnieuw aan totdat ik er bijna was. Ze duwde mijn knieën naar mijn borst en duwde haar tong diep in me, likte toen naar mijn anus en herhaalde haar actie daar.

Uiteindelijk liet ze me los, nam mijn klit tussen haar lippen en trok eraan en zoog erop. Ik schreeuwde toen mijn orgasme door me heen scheurde, mijn benen beefden en stuiptrekkend door de kracht ervan. Ik voelde mezelf vloeistof spuiten toen ik klaarkwam, de eerste keer ooit. Sandra likte aan mijn poesje, maakte het schoon en hield ervan.

Nadat ik was bijgekomen, sleepte ze me naar de douche waar we ons, aanrakend en strelend, opruimden. Het was vreemd dat deze vrouw, die mijn minnares was, ineens zo gevoelig was voor haar aanrakingen. Het was alsof ik me had gebroken, het spel was afgelopen.

Later die dag nam ik afscheid van Sandra en vertrok. Ik vraag me vaak af of ik haar zou moeten gaan bezoeken en wie ik dan vastgebonden op de grond zou vinden.

Op een dag zal ik.

EINDE